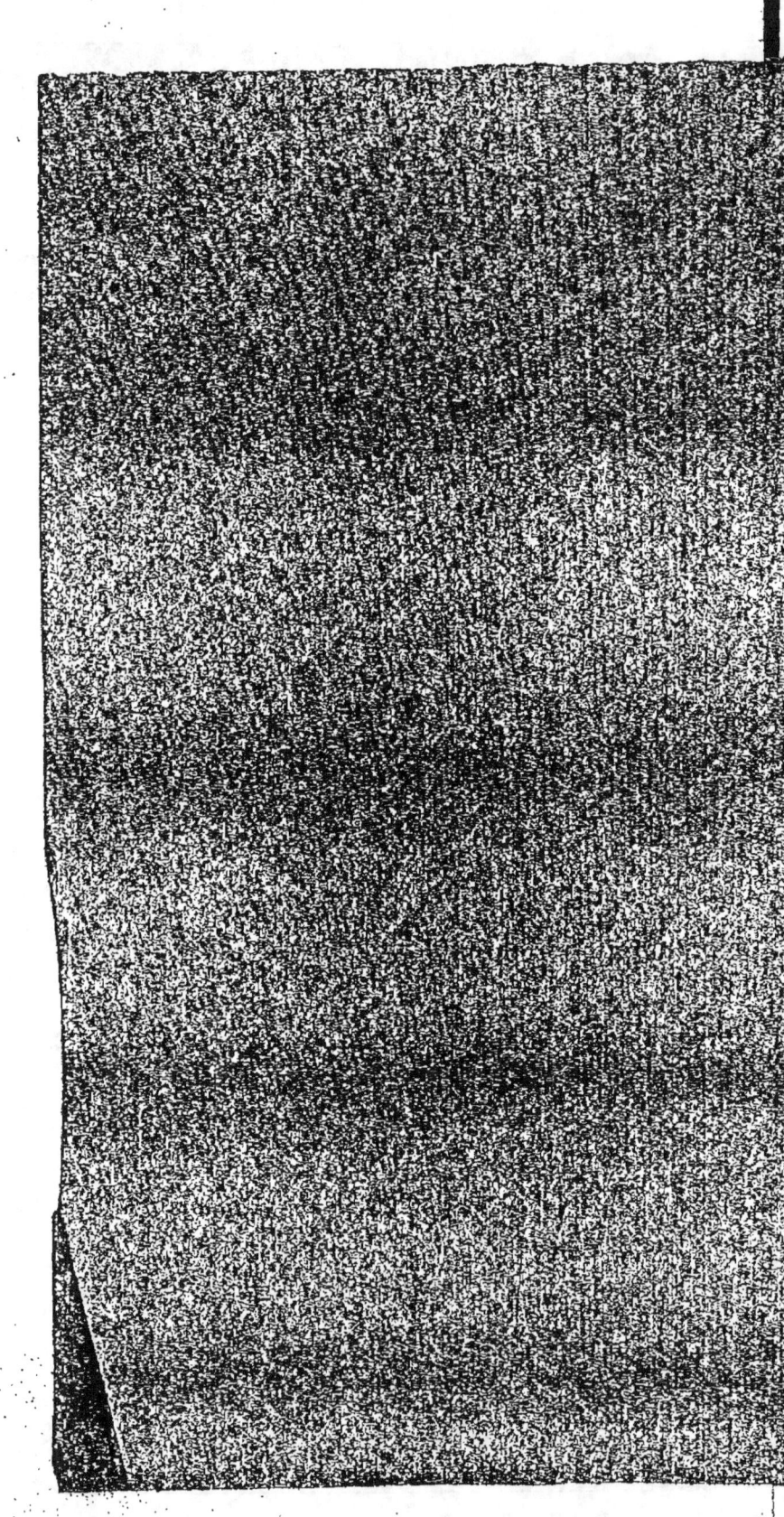

PARIS. — IMPRIMERIE A.-E. ROCHETTE

72-80, Boulevard Montparnasse

LA PÊCHE

ET

LES PÊCHEURS

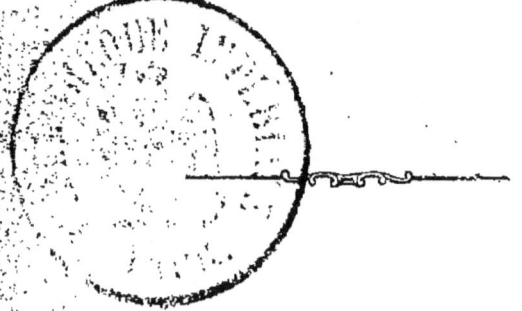

PARIS

P. LEBIGRE-DUQUESNE, ÉDITEUR

16, RUE HAUTEFEUILLE, 16

—

1868

Les Grandes Pêches

~~~~~~~~~

LA PÊCHE DE LA BALEINE

La Pêche de la Baleine

De toutes les pêches qui se font dans les différentes mers, la plus difficile et la plus périlleuse, sans contredit, est la pêche de la baleine. Quoique ce cétacé n'atteigne pas des dimensions aussi colossales, à beaucoup près, que l'ont dit certains auteurs et que le croient encore aujourd'hui beaucoup de personnes; quoique la baleine franche, qui fait l'objet principal de ces expéditions, soit notablement inférieure, pour la taille, à la baleine jubarte, cependant on conçoit que c'est

toujours une entreprise hasardeuse d'aller attaquer, dans son élément, et, pour ainsi dire,
corps à corps, un animal dont la longueur
moyenne est de soixante pieds. Cette entreprise,
même dans les temps anciens, était regardée
comme si fort au-dessus des forces de l'homme,
que Job se sert de cet exemple pour lui faire
sentir sa faiblesse en comparaison de la puissance divine :

« Enlèveras-tu, dit-il, la baleine avec un
hameçon, et la tireras-tu par la langue au bout
du cordeau que tu auras jeté dans l'eau ? Lui
passeras-tu un anneau dans le nez, et lui per-
ceras-tu la mâchoire avec le fer ? La réduiras-
tu à la supplication et à la prière ? Fera-t-elle
un pacte avec toi, et deviendra-t-elle ton esclave à jamais ? Te joueras-tu d'elle comme de
l'oiseau, ou l'attacheras-tu pour tes jeunes filles ?
Tes amis la couperont-ils par pièces, et les né-

gociants s'en partageront-ils les morceaux ?
Rempliras-tu ton filet de sa peau, et de sa tête
ta nasse à poissons ? Mets ta main sur elle ; songe
à ce que serait la lutte, et ne parle plus. »

Du temps de l'empereur Claude, une baleine
ayant échoué dans le port d'Ostie, on fit tendre
des cordes à l'entrée du port pour l'empêcher d'en
sortir ; puis, l'empereur lui-même, vint avec
une petite escadre attaquer l'animal, qui périt
sous les traits des archers de la garde préto-
rienne. Ce fut un spectacle extraordinaire, mais
seulement un spectacle, car on ne profita pas
des dépouilles de l'animal, et il ne paraît pas
qu'on ait pensé à répéter dans un but d'utilité
des expéditions semblables.

A la vérité, le roi de Mauritanie, Juba, en
parlant de certains cétacés qui étaient remontés
en troupe dans un fleuve et y avaient péri, dit
que les marchands recherchaient l'huile qu'on

1.

retirait de ces animaux (probablement celle qui flottait sur l'eau autour de leurs corps à demi décomposés), et qu'ils s'en servaient pour frotter leurs chameaux, afin de les préserver de la piqûre des taons. D'ailleurs, cet usage était si limité, que Pline, qui fait mention de quarante-deux espèces d'huiles, ne parle pas même de l'huile de poisson.

Lorsqu'un grand cétacé venait à mourir sur quelque rivage, cela était considéré par les habitants comme une véritable calamité, à cause de l'odeur qui s'exhalait du cadavre, et les habitants de Bunes, à ce que nous apprend Plutarque, attribuèrent une maladie pestilentielle dont leur ville fut ravagée, aux émanations provenant du corps d'une baleine que les flots avaient rejeté sur le rivage voisin.

Les petites espèces de cétacés étaient déjà cependant, à ce qu'il paraît, à cette époque, l'objet

d'une pêche assez importante dans les mers de
la Grèce. Ce n'était pas pour leur huile qu'on
les recherchait, mais pour leur chair. Aujour-
d'hui cette chair nous semble rebutante, mais
anciennement on était sans doute moins délicat,
et nous savons que, dans le moyen-âge, les marchés au poisson étaient, surtout pendant le ca-
rême, amplement fournis de marsouins et de
dauphins.

C'est probablement par la pêche des grandes
espèces de dauphins que les habitants de tout le
littoral de la baie de Biscaye ont préludé à la
pêche de la baleine, dont ils ont fait les premiers l'objet d'une industrie régulière. Lorsque
les baleines qui, au commencement de notre ère,
étaient encore fréquentes dans ces parages, s'en
éloignèrent enfin, les Basques allèrent plus loin
les chercher; et dès lors, comme ils ne pouvaient
revenir au port après chaque capture, ils furent

obligés d'employer des bâtiments assez grands pour contenir le produit de toute une saison de pêche, et construits de manière à ce qu'on pût installer à bord les chaudières destinées à la fonte du lard.

De ce que les Basques ont été les premiers à entreprendre ces expéditions lointaines, il ne s'ensuit pas, comme beaucoup de gens semblent le croire, que les Français puissent se vanter d'avoir devancé en cela toutes les autres nations de l'Europe. Beaucoup de ces Basques, dont il est ici question, étaient, depuis Henri de Transtamare, sujets du roi de Castille, et il paraît même que les Asturiens, leurs voisins, s'adonnèrent presque aussitôt qu'eux à la grande pêche. C'est du moins ce qu'on aurait droit de conclure, en voyant le nombre de mots espagnols qui se trouvaient anciennement dans le langage des baleiniers. Ainsi dans une liste anglaise des

objets nécessaires à la pêche, liste écrite en
1589, et conservée dans la collection d'Hakluit,
les manches du harpon sont nommés « estacas » ;
les couteaux à émincer « machetes » ; les lignes à
lance et à harpon « va-y-venes » et « arponieras. »

Les premières expéditions des Anglais, pour
la pêche de la baleine, ne sont pas de beaucoup
postérieures à celles des Basques, des Asturiens
et des Gascons; et il existe des documents rela-
tifs à une tentative de ce genre, faite en 1324.
Du reste, à cette époque, les navigateurs formés
en Angleterre étaient bien loin d'égaler ceux
qui sortaient des différents ports de la baie de
Biscaye, et leurs voyages furent en général, si
peu profitables, que, jusqu'à la fin du seizième
siècle, cette branche d'industrie resta parmi eux
très-languissante. Elle se ranima tout-à-coup
après les premiers voyages à la baie d'Hudson ;
mais dès qu'on fut informé en Europe des avan-

tages que semblait promettre la pêche dans les mers arctiques, les Hollandais, qui venaient de former, depuis peu d'années, leur compagnie des Indes Orientales, pensèrent qu'il y avait peut-être autant à gagner près du cercle polaire qu'entre les tropiques; et sans négliger leur première spéculation, ils en commencèrent une seconde, qu'ils suivirent avec une égale persévérance. Sentant bien qu'ils ne pouvaient devenir, en un instant, aussi habiles à cette pêche que des hommes qui s'en occupaient depuis des siècles, ils commencèrent par prendre des Basques à leur solde, et, d'abord disciples dociles, ils devinrent maîtres en peu de temps, et purent se passer de tout secours étranger. Cependant les Anglais, qui avaient précédé de quatre ans les Hollandais dans ces mers, voulurent en pleine paix les en chasser, et ce fut l'origine d'hostilités qui éclatèrent en 1617. Plusieurs autres

nations de l'Europe refusant, comme la nation
hollandaise, de reconnaitre les prétentions de
l'Angleterre, le débat devint général. Enfin les
pêcheurs se virent contraints, par leur intérêt
réciproque, de se partager cette mer et de
s'imposer des limites. Mais, dans cette transac-
tion, les Français furent comptés pour peu de
chose, et une exclusion complète n'eût pas été
plus humiliante que ne le furent les conditions
auxquelles ils reçurent une mesquine part. Les
Basques, comme nous l'avons déjà dit, avaient
pris l'habitude de faire l'huile au fur et à mesure qu'ils prenaient les baleines. Les Hollandais, dans la crainte du feu, n'osèrent pas fondre
le lard à bord, et d'abord ils le conservaient
dans des barriques jusqu'au retour. Comme cela
rendait leurs produits à la fois plus chers et
moins bons, la compagnie forma au Spitzberg,
une factorerie où tous ceux de leurs bâtiments

qui pêchaient à l'est du Groënland, apportaient
à de courts intervalles leurs produits bruts, qui
y étaient convertis en huile. Le village auquel
ils donnèrent le nom de Smeerenberg (du verbe
« smeeren », fondre), était, pendant la saison de la
pêche, le centre d'une activité prodigieuse. Il y
venait des marchands de toutes sortes, et à onze
degrés du pôle, on trouvait autant d'objets de
luxe et de commodité qu'à Amsterdam.

L'établissement continua à prospérer jusqu'au
moment où la baleine, s'éloignant de ces parages, les pêcheurs cessèrent également de les
fréquenter. Cela eut lieu graduellement dans
l'espace d'environ dix années de 1660 à 1670 :
une guerre qui survint força d'abandonner tout-
à-fait cette factorerie, et aujourd'hui on ne sait
pas même exactement quelle était sa situation.
Le théâtre des pêches a aussi très-souvent
changé, et dans des espaces de temps fort

courts. La côte orientale du Groënland était, il
y a douze ou quinze ans, considérée par les baleiniers anglais comme une des meilleures sta-
tions pour les pêches : aujourd'hui cette partie
de la mer est complétement déserte ; les bâtiments traversent, sans s'arrêter, le détroit de
Davis pour pénétrer dans la baie de Baffin, sur
la côte opposée du Groënland ; la pêche y est
maintenant très-profitable, mais elle y est plus
dangereuse qu'en aucun autre lieu, à cause des
montagnes flottantes de glace qui y sont très-
nombreuses, et qui, chaque année, causent la
perte de plusieurs navires.

Les vaisseaux employés aujourd'hui à la
pêche à la baleine sont en général du port de
trois cent cinquante à quatre cent cinquante
tonneaux, et portent trente à quarante-cinq
hommes d'équipage, y compris le capitaine, le
chirurgien et les chefs de pirogues, qui sont

considérés comme des officiers. Chaque pirogue est armée de quatre ou de six rameurs, outre le chef qui est au gouvernail, et le harponneur qui est à l'avant. Les principaux instruments sont deux harpons et six ou huit lances. La tige de fer du harpon a trois pieds de longueur environ : elle est terminée du côté opposé à la pointe, par une douille en fer, dans laquelle entre le manche qui sert à la lancer. Ce manche est un bâton de cinq pieds de longueur : au dessus de la douille est fixée une boucle en chanvre natté qui reçoit l'extrémité d'une corde, ou ligne comme disent les marins, dont la grosseur est de vingt-et-une lignes, et la longueur de cent trente-cinq brasses. La lance ne se darde pas comme le harpon, elle ne quitte pas la main de celui qui la tient; sa longueur est de treize à quatorze pieds y compris la hampe qui en a huit.

Lorsque le bâtiment est arrivé dans les parages où l'on s'attend à trouver des baleines, un homme est constamment placé en vigie au haut du mât. Dès qu'une baleine est signalée, on s'empresse de mettre les canots à la mer, et l'on s'arrange de manière à s'approcher de l'animal sans l'effrayer. Quand on est arrivé à la distance convenable, l'homme placé à l'avant lui lance, de toute sa force, le harpon qu'il tient à la main. La baleine, se sentant blessée, donne ordinairement un violent coup de queue qui serait fatal à la pirogue, si on n'avait eu d'avance bien soin de se mettre hors de la direction où le coup doit porter ; elle plonge aussitôt après, et entraîne, avec une rapidité extrême, la ligne qui est attachée au harpon. Le frottement de cette corde sur le bord de la pirogue serait capable de l'enflammer, si l'on n'y jetait de l'eau.

Au bout d'une demi-heure environ, la baleine

reparaît à la surface, mais bien loin du lieu où elle avait plongé ; cependant comme on peut à différents signes juger la direction qu'elle prend, on tâche de se trouver près d'elle au moment où elle sort. Pour mieux s'assurer d'elle, on la frappe d'un second et même d'un troisième harpon ; après quoi on l'attaque avec les lances. Dès qu'elle est morte, on la traîne vers le bâtiment, on l'accroche le long du bord pour dépouiller le corps de son lard, les mâchoires de leur fanons ; puis on abandonne la chair aux oiseaux de mer, aux ours et aux dauphins, qui en font curée.

Le temps employé à la prise d'une baleine est très-variable. Il est arrivé quelquefois d'en tuer une en moins d'une demi-heure, tandis que pour d'autres il a fallu deux jours.

Dans son *Journal d'un baleinier*, le docteur Tiercelin a raconté, d'une manière dramatique et saisissante, la pêche de ce monstre des mers. Nous lui laissons volontiers la parole :

« La vigie a crié : *She blows !* et un tressaillement frénétique a répondu à ce signal. Le navire s'arrête comme amarré au milieu de l'Océan. Les pirogues s'éloignent en effleurant à peine la mer ; un espace d'un ou deux milles les sépare du but.

Mais la baleine a sondé l'abîme, tout a disparu, souffle, queue, aileron. Les rames sont levées ; le matelot, appuyé sur le manche de son aviron, se repose tout prêt à reprendre sa course. Debout, à l'arrière et à l'avant, l'officier et le harponneur, le cou tendu, l'œil fixe, explorent la surface de l'eau et épient le retour du gigantesque gibier.

L'officier a jeté un coup d'œil expressif à son harponneur ; un seul mot : « Attention ! » prononcé à demi-voix, la bouche presque fer-

mée, tient l'équipage en éveil, et, quelques
secondes plus tard, les avirons reprennent leur
rapide mouvement.

La baleine a présenté d'abord l'extrémité
de son nez noir ; puis elle effleure l'eau de ses
évents, et une double colonne de vapeur s'élève
et se dissout dans l'atmosphère ; elle s'avance
ainsi avec un certain air de lenteur et de ma-
jesté, en partie couverte de quelques centimètres
d'eau, en partie sortie de la mer et exposée aux
regards. De minute en minute, elle soulève un
peu la tête ; un nouveau souffle s'échappe ; après
le septième ou le huitième, elle montre succes-
sivement tous les points de son dos, étale sa
queue, la balance et plonge pour vingt-cinq ou
trente nouvelles minutes. Le pêcheur doit tenir
compte de la manière dont l'animal a incliné sa
queue, pour deviner la direction qu'il a prise,
de la présence de la boëte à la surface ou au

fond de la mer, afin de savoir si les sondes
seront plus ou moins longues, de l'isolement ou
de l'existence d'une gamme, afin de modifier ses
attaques, ses feintes, ses repos, selon les besoins
du moment. Par le calcul du nombre de souffles
exhalés et de la distance qui le sépare encore du
cétacé, il sait s'il peut le joindre avant sa sonde,
ou s'il doit attendre une chance meilleure. Les
manœuvres de la pirogue varient à l'infini. Ou
les hommes doivent nager à toc d'aviron, ou ils
doivent à peine remuer leurs rames; souvent
même on s'avance à la pagaie, selon qu'on a un
petit espace à franchir ou qu'on craint de pro-
duire de trop grandes vibrations dans l'eau.
Dans tous les cas, on doit accoster presque jusqu'à s'échouer sur l'animal, pour piquer solide-
ment. On approche facilement à quinze ou vingt
brasses ; mais la grande difficulté est d'arriver
à deux ou trois. Sans arler de la perspective

des coups de queue et d'aileron, il y a presque
toujours au moment suprême, un peu d'hésita-
tion; on craint d'être entendu, on attend une
chance meilleure; on choisit avec anxiété l'or-
gane que le harpon doit le mieux traverser ; on
lève le bras, et quand le trait va partir, la baleine se laisse couler, la mer se ferme sur elle
et cache son trésor aux yeux du pêcheur désap-
pointé.

« Quand la pirogue est si près de l'animal
qu'il ne peut plus fuir, le harponneur, debout,
la cuisse engagée dans l'échancrure du gaillard
d'avant, a saisi son harpon à deux mains : la
gauche allongée en avant, empoigne presque la
douille, et la droite, relevée, soutient la partie
moyenne du manche. L'officier, seul juge de
l'opportunité du moment, crie : « Pique! »
L'arme vibre, traverse l'espace, pénètre dans le
lard et va se fixer dans les parties charnues et

tendineuses. La baleine frémit et paraît se rape-
tisser sous le coup ; excitée par la douleur, elle
s'apprête à fuir ; empêchée par le trait qu'elle
-porte dans ses chairs, elle hésite d'abord, si bien
que le harponneur tant soit peu habile, peut
lui envoyer un second harpon ; en tous cas, au
bout de quelques minutes, elle sonde. L'officier
change alors de place et va prendre son port
d'action. Jusque-là il a commandé les manœuvres, maintenant il va agir lui-même : à
lui le droit et le devoir de tuer l'animal.

» La ligne se déroule et sort de la baille avec
une éblouissante rapidité. Déjà plus de deux
cents brasses sont à la mer et l'animal sonde
toujours. La force d'immersion est si grande,
que si une caque fait obstacle au mouvement,
la pirogue peut sombrer ; on a vu aussi la ligne
prendre, en se déroulant, un homme par un
bras ou par une jambe, par le corps même,

l'entraîner dans la mer et ne le laisser remonter qu'alors que la partie saisie avait été coupée par le frottement. On se ferait difficilement idée du sang-froid que réclament ces premières manœuvres. C'est ici que l'équipage doit obéir, il ne peut être qu'une machine à nager et à scier : il y va du salut de tous. Dans ces moments, la peur s'empare de certains : sitôt la baleine amarrée leur tête se perd ; ils ne voient, ni n'entendent, ni ne sauraient obéir à aucun appel.

» Le vrai baleinier ne connaît pas la peur ; il brave la mort, mais avec circonspection. Quand l'animal se relève de la première sonde, l'officier embraque sur la ligne, se rapproche avec défiance, sans précipitation, même avec une apparente lenteur. Que de difficultés et que de temps, parfois, pour envoyer'le premier coup de lance ! Pourtant, ce n'est pas un, mais dix, vingt et plus, qu'il faudra pour déterminer la

mort, et encore, à la condition qu'ils porteront
dans des lieux d'élection. Si une blessure mor-
telle n'est pas infligée dans le premier quart-
d'heure, la baleine revient de son épouvante,
reprend ses sens et fuit, entraînant son ennemi
après elle : alors alternent des sondes prolon-
gées et de rapides courses dans le vent. La pirogue emportée comme une flèche passe à travers les lames comme entre deux murailles de
vapeur; en vain deux ou trois embarcations,
jetant leurs bosses à celle qui est amarrée, viennent se faire remorquer et augmenter le fardeau traîné, la course n'en est pas sensiblement
ralentie.

« Cette phase du combat commande une
manœuvre nouvelle, plus difficile et plus dangereuse que celles qui l'ont précédée. Armé
d'une pelle tranchante, le baleinier attend que
la baleine élève sa queue au-dessus de l'eau et

se hâlant jusque sous cet organisme, il lance
son louchet au niveau des dernières vertèbres
caudales. S'il divise l'artère et les tendons, le
sang jaillit à flots et la mobilité diminue dans
une grande proportion. Grâce aussi à cette attaque par derrière, la baleine change souvent
de route ; la pirogue se trouve par son travers,
et le service de la lance peut recommencer. Il
serait impossible de peindre toutes les ruses,
toutes les furieuses attaques, toutes les fatigues
et enfin toutes les charges à outrance de l'homme
contre cette masse vivante, dont un seul coup
d'aileron briserait toutes les pirogues d'un navire. Quand l'occasion le permet une autre pirogue s'amarre en second, afin d'enlever au cétacé plus de chances de fuite et d'arriver au
résultat final. A chaque coup, l'animal pousse
des soufflements rauques et métalliques qu'on
peut entendre de plusieurs milles de distance ;

le souffle est blanc, épais, chargé de beaucoup
d'eau pulvérisée, et s'élève à une grande hau-
teur, jusqu'à ce qu'après un coup plus heureux,
deux colonnes de sang s'échappent des évents,
s'élèvent dans l'air et, dans leur chute, rougis-
sent la mer sur une large surface : à partir de
ce moment, la baleine est considérée comme
morte. Quelquefois la mort vient aussitôt après
l'apparition du sang dans le souffle; mais le plus
souvent la vie se prolonge encore une ou plusieurs heures : cette circonstance est regardée
comme favorable, en ce que la grande perte du
sang prépare pour la suite, un corps spécifique-
ment plus léger et flottant mieux. Pourtant l'a-
nimal peut encore être perdu, si l'éloignement,
la nuit, ou l'état de la mer, ne permettent pas
au navire de le suivre. A l'approche de la mort,
la pauvre baleine rassemble ce qui lui reste de
force, et, dans une fuite désordonnée, sans but,

2.

sans conscience du danger, elle nage, nage, ren-
versant tout ce qu'elle rencontre sur son passage :
elle ne voit rien, se jette à l'aventure sur les
pirogues, sur les autres baleines, sur un rocher
ou sur la plage. Bientôt un frisson général s'empare de son corps ; ses convulsions font blanchir
et bouillir la mer : on dit alors, suivant l'ex-
pression pittoresque des marins, *qu'elle fleurit.*
Enfin, elle soulève une dernière fois la tête, une
dernière fois elle cherche le soleil, et meurt.
Devenue désormais corps inerte, elle se renverse
et flotte, le dos en bas, le ventre à fleur d'eau,
la tête un peu plongeante.

» Aussitôt que le cétacé est mort, les pirogues s'en approchent, l'amarrent et le remor-
quent jusqu'au bâtiment aux flancs duquel on
l'attache pour le dépecer, opération qui se fait
aujourd'hui en quatre heures. On procède ensuite à la fonte du lard, après quoi le navire re-

prend la pêche jusqu'à ce que son chargement soit complet ou qu'il n'ait plus d'espoir de l'augmenter. »

LA PÊCHE DU REQUIN

La Pêche du Requin

Il ne faut pas, dit-on, beaucoup d'adresse pour les prendre. Leur voracité même les perd ; ils se jettent sur tout ce qu'on leur présente. Ordinairement, c'est un gros hameçon couvert d'une pièce de lard, attaché à une corde par l'intermédiaire d'une bonne chaîne de fer de trois mètres de long ; lorsque le requin n'est pas affamé, il s'approche de l'appât, l'examine, tourne autour, semble le dédaigner, s'en éloigne un peu et revient ; quelquefois il se met en devoir d'en-

gloutir l'appât, et le quitte ; lorsqu'on a pris assez
de plaisir à voir tous ces mouvements, on tire la
corde et on feint de vouloir retirer l'appât hors
de l'eau ; alors l'appétit du monstre se réveille,
il se jette sur le lard, l'avale, et, se sentant
pris, fait jouer ses mâchoires pour couper la
chaîne et tire de toutes ses forces pour l'arracher ; souvent il s'élance en avant, et fait des
bonds furieux. Lorsqu'il s'est assez débattu, on
tire la corde jusqu'à mettre la tête du poisson
hors de l'eau, et on glisse un nœud coulant,
qu'on lui fait passer jusqu'à la naissance de la
queue. Il est aisé alors de l'enlever dans le bâtiment ou de le tirer à terre, où l'on achève de le
tuer ; mais il faut n'en approcher qu'avec précaution, un coup de queue suffisant pour casser
les jambes ou les bras de celui qu'il atteindrait.

Quelquefois on les harponne. Il leur arrive,
étant lancés avec trop d'ardeur à la poursuite

d'une proie, de venir échouer sur le rivage. En Norwége, outre la ligne et le harpon, on emploie des filets. Il y est l'objet d'une pêche régulière depuis près d'un siècle. Elle a lieu le long de toute la côte occidentale, dans les anses profondes dont le pays est dentelé, et jusqu'à une distance de cinquante à cent milles en mer. Il y en a de quatre espèces différentes dont chacune habite des localités déterminées. Leur longueur varie entre trois mètres trente-trois centimètres et treize mètres trente-trois centimètres; leur foie, qui est énorme, fournit une grande quantité d'huile bonne à brûler.

LA PÊCHE DU MORSE

La Pêche du Morse

Ce carnivore amphibie qui prend aussi le nom de *cheval marin, vache marine, éléphant de mer, animal à la grosse dent*, vit par troupes, jadis si nombreuses et si peu méfiantes, que, s'il faut en croire Gmelin, les Anglais en tuèrent à l'île de Merry 7 à 800 en six heures, en 1705.

Aujourd'hui on chasse principalement les morses sur les îles nombreuses qui environnent le Spitzberg, où leurs bandes arrivent vers la fin de l'été.

« Dans les premiers temps de la pêche, dit M.
Victor Meunier, les morses ne connaissant pas
encore l'homme, nageaient sans crainte autour
des navires, et on en prenait autant qu'on vou-
lait sans beaucoup de peine ; ils ne craignaient
pas de s'aventurer assez loin du rivage, et même
restaient à sec lorsque la mer se retirait. L'équipage des chaloupes, arrivé sur le sable, se
rangeait de façon à couper la retraite à ces animaux. Le morse voyait tranquillement les dis-
positions qu'on faisait pour l'assaillir, ne soup-
çonnant nullement le danger dont il était
menacé; il ne songeait à fuir qu'après avoir été
attaqué, et lorsqu'il voyait la terre couverte de
ceux de son espèce sur lesquels les premiers
coups avaient porté. Les pêcheurs formaient
alors un espèce de retranchement avec les morses tués, et assommaient facilement ceux qui
cherchaient à le franchir pour regagner la mer

On en tuait de cette façon jusqu'à 600 dans une seule attaque. »

On cite dans l'histoire des pêches un certain capitaine Kykyrez, le même qui donna son nom à plusieurs îles voisines du Spitzberg; il prit en 1640 une telle quantité de morses par la méthode élémentaire qu'on vient de décrire, que sa fortune fut faite du coup.

Il n'est plus si facile aujourd'hui de prendre le morse. Il fuit la rencontre des pêcheurs, se retire dans les lieux où il se croit en sûreté, forme rarement de grandes bandes à terre ou sur les glaces, ne se couche jamais que très-près de la mer, de façon à pouvoir se précipiter dans l'eau à l'approche des pêcheurs, se tient continuellement sur ses gardes, et ne se livre au sommeil qu'après avoir placé une sentinelle qui ne manque jamais d'avertir la bande de l'approche de l'ennemi.

Lorsqu'on attaque le morse sur les rochers ou sur la glace, il cherche à éviter le combat et tout le troupeau s'élance à la mer si c'est possible. On voit alors les derniers frapper de leurs longues dents ceux qui les précèdent pour les faire aller plus vite. Mais si la fuite lui est fermée il se défend à outrance. Blessé, il devient furieux, s'élance sur l'ennemi, frappe avec ses dents, brise parfois les armes ou les fait tomber des mains de l'agresseur. Loin de craindre le danger, il court au secours des siens, suit le canot qui remorque l'animal capturé, et met tout en œuvre pour le délivrer et le venger ; il se jette sur les chaloupes, les accroche de ses longues dents, les perce d'outre en outre et les fait chavirer.

C'est au harpon qu'on les attaque le plus ordinairement. On emploie un harpon dont la trempe est très-forte ; la pointe casse souvent

et n'entre pas dans la chair, car le cuir de l'animal est très-dur; quand on l'a atteint au bon
endroit, le morse est pris et ne peut plus échapper; on le cloue à la proue de la chaloupe avec
la ligne fixée à l'anneau du harpon, et on
l'achève à coups de lames tranchantes des deux
cotés et fortement trempées. Dès qu'il est mort,
on le mène à la côte ou sur glace la plus pro-
che, on l'écorche pour avoir son lard, et on lui
coupe la tête qu'on emporte pour la faire cuire
dans un chaudron.

Ses défenses, faciles à distinguer de l'ivoire
en ce que leur tissu est formé de grains ronds
tandis que ceux de l'ivoire ont la forme de lo-
sanges, et dont l'éclat est plus pur et plus du-
rable que celui des défenses d'éléphants; son
huile, dont un seul individu donne jusqu'à une
demi-tonne; sa peau, dont on fait de bonnes
soupentes de voitures : tels sont les titres du

3.

morse à l'estime que l'homme lui témoigne en
allant le chercher au prix de toutes sortes de
périls dans les parages du Spitzberg. On n'entre-
prend guère cette pêche cependant que comme
pis-aller, quand celle de la baleine n'a pas
réussi. Il paraît bien au reste que l'espèce est
en décroissance, car on ne rencontre aujour-
d'hui qu'un petit nombre de vieux morses, et
sur cent individus, à peine en trouve-t-on un
dont les dents soient à point, industriellement
parlant.

Les naturalistes de l'antiquité n'ont point
connu le morse, mais on l'a de bonne heure
pêché dans le Nord.

On le pêchait comme aujourd'hui pour ses
défenses, sa graisse et son cuir; on employait ce
dernier à un usage tombé en désuétude ; on en
faisait des cordages et des cables aussi estimés
que ceux dont le phoque fournissait la matière

première. Soixante hommes ne pouvaient les rompre; on en faisait présent aux rois; les sagas les vantent. C'était au moyen-âge l'objet d'un grand commerce et on les importait sur les marchés de Cologne.

PÊCHE DE LA TORTUE

Pêche de la Tortue.

On attache à la queue d'un *naucrates* vivant un anneau d'un diamètre assez long pour no pas incommoder le poisson, et assez étroit pour être retenu par la nageoire caudale. Une corde très-longue tient à cet anneau. Lorsque l'echeneis est préparé, on le renferme dans un vase plein d'eau salée, qu'on renouvelle très-souvent, et les pêcheurs mettent le vase dans leur barque. Ils voguent ensuite vers les parages fréquentés par les tortues marines. Ces tortues ont l'habitude de dormir souvent à la surface de l'eau, sur laquelle elles flottent ; et leur sommeil est alors si léger, que l'approche la moins bruyante d'un bateau pêcheur suffirait pour les réveiller et les faire fuir à de grandes distances ou plonger à de grandes profondeurs.

Mais voici le piége qu'on tend de loin à la première tortue que l'on aperçoit endormie. On remet dans la mer le *naucrates* garni de sa longue corde : l'animal, délivré en partie de sa captivité, cherche à s'échapper en nageant de tous les côtés. On lui lâche une longueur de corde égale à la distance qui sépare la tortue marine de la barque des pêcheurs. Le *naucrates*, retenu par ce lien, fait d'abord de nouveaux efforts pour se soustraire à la main qui le maîtrise ; sentant bientôt, cependant, qu'il s'agite en vain et qu'il ne peut se dégager, il parcourt tout le cercle dont la corde est en quelque sorte le rayon, pour rencontrer un point d'adhésion et, par conséquent, un peu de repos. Il trouve cette sorte d'asile sous le plastron de la tortue flottante, s'y attache fortement par le moyen de son bouclier, et donne ainsi aux pêcheurs, auxquels il sert de crampon, le moyen de tirer à eux la tortue en retirant la corde.

Il y a, suivant Goodwyn, plusieurs manières de prendre les tortues ; voici les trois les plus en usage :

La première consiste à les guetter quand elles sortent de l'eau pour venir pondre leurs œufs. Quoiqu'elles fassent cette opération la nuit, on peut être averti du lieu où on les trouvera, car elles ont coutume de venir un certain nombre de jours d'avance reconnaître le terrain où elles veulent enfouir leurs œufs, et les traces qu'elles laissent dans le sable les décèlent.

Quand on a découvert le lieu que ces animaux affectionnent, on peut en prendre dans le même jour plusieurs, et afin de profiter du temps où elles sont hors de l'eau, on se contente, à mesure qu'on en rencontre une, de la tourner sur le dos. Si c'est une tortue franche, on peut la laisser ainsi, bien sûr qu'elle ne se remettra pas sur jambe ; quant au caret, qui a le dos plus rond et les mouvements plus vifs, il faut le charger d'une pierre, ou le tuer sur place.

Il y a plusieurs îles désertes où les tortues se rendent de préférence, et où l'on est sûr dans la saison, d'en trouver un très-grand nombre. Telle est l'île de l'Ascension, située à une distance à peu près égale des côtes de la Guinée et du Brésil. Comme elle se trouve sur la route de l'Inde, elle offre aux équipages des bâtiments qui font ce long voyage, un ravitaillement précieux. On cite encore l'île de Saint-Vincent, une des îles du Cap-Vert et plusieurs îlots des

Antilles, entre autres les deux îles du Caïman, qui fournissent presque toutes celles qu'on apporte à la Jamaïque, où on les conserve dans des parcs, jusqu'à ce qu'on les expédie pour l'Angleterre. Du reste, il y a, dans les Antilles, très-peu de côtes sablonneuses où l'on ne trouve des tortues à l'époque de la ponte.

La seconde manière de prendre les tortues, c'est la folle, grand filet à mailles lâches, que l'on tend le soir, de manière à barrer le chemin aux tortues qui viennent pondre la nuit. Elles y engagent la tête ou les pattes, et s'entortillent de telle sorte que, faute de pouvoir venir respirer à la surface, elles se noient. On a coutume de teindre le filet; quand il est blanc, les tortues s'en défient et rebroussent chemin.

Une troisième manière plus amusante, mais moins productive, consiste à harponner, ou, comme on dit aux Antilles, à varrer la tortue, quand elle vient à la surface de l'eau pour respirer ou qu'elle y flotte endormie.

La varre ou harpon dont on se sert dans cette opération, ne diffère des harpons ordinaires qu'en ce que sa pointe est dépourvue de crochet. Quand, en effet, cette pointe est entrée dans l'écaille de la tortue, c'est comme un clou enfoncé dans une planche, et qui n'en peut être arraché sans de très-grands efforts. Au reste, comme dans le harpon commun, ce fer qui se détache aisément de la hampe, porte une cordelette solide, dont l'autre extrémité est fixée à l'avant du canot.

C'est la nuit que l'on procède à cette pêche, mais on a soin, pendant le jour, de s'assurer du lieu où l'on trouvera les tortues. On le reconnaît à la quantité d'herbes coupées qui flottent sur l'eau, et qui sont celles que ces animaux ont laissé échapper en paissant au fond. Le bateau

doit se mouvoir avec aussi peu de bruit que
possible, et le varreur qui est debout sur l'avant,
indique par gestes le point vers lequel on doit
se diriger. Le bouillonnement de l'eau lui indique quelques moments d'avance, le point où
une tortue va venir lever la tête pour respirer.

Lorsqu'il se voit à portée de l'animal, il le
frappe avec force et le perce de son harpon.
Aussitôt la tortue fuit de toutes ses forces et,
tirant la cordelette à laquelle le fer est attaché,
elle entraîne après elle le canot avec une très-
grande violence. Si le coup a été bien porté, le
fer ne s'arrache pas ; cependant le varreur, qui
a retiré sa hampe, s'en sert pour indiquer à celui qui est à l'arrière, de quel côté il doit gouverner. Sans cette précaution, il pourrait arriver que la tortue, prenant la barque en travers,
la fît chavirer. Après que l'animal frappé a
bien couru, les forces lui manquent ; souvent

même il étouffe, faute de venir sur l'eau pour respirer. Quand le varreur sent que la corde mollit, il la retire peu à peu dans le canot; et s'approchant ainsi de la tortue morte ou extrêmement affaiblie, qu'il a fait revenir sur l'eau, il la prend par une patte et son compagnon par l'autre, et de la sorte on la fait entrer dans le bateau.

Nous avons dit que la tortue entraîne après elle le canot; ces tortues sont, en effet, souvent d'une très-grande taille, elles ont à leurs pieds de devant des rames, disposées très-avantageusement, et leur puissance musculaire est des plus énergiques. Nous rapporterons à cette occasion un fait qui se passa à la Martinique, en 1696.

Un Indien, esclave d'un des habitants de l'île, étant seul à pêcher dans un petit canot, aperçut une tortue qui dormait sur l'eau. Il s'en appro-

cha doucement et lui passa dans une patte un
nœud coulant, ayant d'avance fixé l'autre bout
de la corde à l'avant du canot. La tortue s'é-
veilla, et se mit à fuir comme si elle n'eût rien
traîné après elle. L'Indien ne s'épouvantait pas
de se voir emporté avec tant de vitesse ; il se
tenait à l'arrière et gouvernait avec sa pagaie
pour parer les lames, espérant que la tortue se
lasserait enfin ou qu'elle étoufferait. Mais il eût
le malheur de tourner et de perdre dans cet accident sa pagaie, son couteau, ses lignes et les
autres instruments de pêche. Quoiqu'il fût habile nageur et pêcheur expérimenté, il ne par-
vint qu'avec beaucoup de peine à retourner son
canot. Comme il ne pouvait plus gouverner, le
même accident lui arriva neuf ou dix fois, et à
chacune, pendant qu'il travaillait, la tortue se
reposait, reprenait ses forces et recommençait
une nouvelle course aussi rapide qu'au commen-

cement. Elle le traîna ainsi un jour et deux nuits sans qu'il lui fût possible de détacher ou de couper la corde. Elle se lassa pourtant enfin, et le bonheur voulut qu'elle échouât sur un haut fond, où l'Indien acheva de la tuer, étant lui-même demi-mort de faim, de soif et de fatigue.

LA PÊCHE DU THON

A LA MADRAGUE

La Pêche du Thon à la Madrague

Cette pêche curieuse est usitée sur les côtes de Provence et de Sicile. Au moyen de filets tendus verticalement, en haut par des morceaux de liége, en bas par des pierres, on construit dans la mer des espèces de chambres dont la dernière est appelée *chambre de mort*, et dans lesquelles on oblige les thons à s'engager sans qu'ils puissent revenir sur leurs pas.

Nous laissons la parole à l'auteur des *Souvenirs d'un naturaliste*, M. Quatrefages, qui a très-exactement décrit cette pêche d'un nouveau genre :

« Cinq cent cinquante thons, poussés de chambre en chambre, par des portes qui se referment derrière eux, sont arrivés dans la *chambre de mort*. Celle-ci possède un plancher mobile formé par un filet que des cordages permettent de ramener du fond à la surface. Toute la nuit, on a travaillé à l'élever peu à peu, et maintenant chacun de ses bords repose sur un des côtés du carré formé par les barques. En face de nous, se tient le propriétaire de la *tonnara* entouré de son état-major et de dames venues de Palerme pour assister au spectacle qui se prépare. A droite et à gauche, les deux barques principales portent l'armée des pêcheurs. Ces barques, entièrement vides et découvertes, attendent leur chargement. Seulement, une longue poutre, allant d'une extrémité à l'autre, laisse entre elle et le bord une sorte de couloir étroit où se pressent deux cents marins accourus de vingt lieues à la ronde. Demi-nus, montrant leurs membres athlétiques couleur de cuivre rouge, ces hommes attendent, en frémissant d'impatience, le moment d'agir. Leurs yeux brillent sous leurs bonnets phrygiens de couleur brune ou écarlate; leurs mains agitent les instruments de mort, larges crochets aigus et tranchants, tantôt adaptés à de longues perches; tantôt placés au bout d'un manche court, massif, et muni de profondes entailles pour donner plus de prise à la main. Au milieu de l'enceinte, une petite yole toute noire, manœuvrée par deux rameurs, porte le chef de pêche. C'est lui qui commande la manœuvre, qui stimule les travailleurs et transporte les hommes d'un côté à l'autre, là où il est besoin de renfort.

» Cependant les cabestans, placés aux extré-

4.

mités du filet n'ont pas cessé de tourner, et le plancher mobile du *corpou* s'élève d'autant. De plus en plus refoulés vers le haut, les thons commencent à se montrer. Grâce à la transparence de l'eau, on les voit parcourir en tous sens, avec une irrégularité inquiète la vaste poche qui les enserre. Déjà quelques-uns rasent la surface et s'élancent en bondissant. Malheur à ceux qui viennent à portée des barques! Des mains de fer s'allongent aussitôt et enfoncent dans leurs flancs des griffes acérées. D'ordinaire, les blessés échappent à ces premières attaques. Pleins de vie et de force, jouissant de toute la liberté de leurs mouvements dans ce bassin encore assez étendu, ils s'arrachent aux mains de leurs ennemis, laissant seulement au fer des crampons quelque lambeaux ensanglantés; mais, aux cris cadencés des matelots, les cabestans tournent toujours, et le filet impitoyable monte de plus,

en plus. La yole du chef de pêche chasse les
thons vers les bords. Les blessures se multi-
plient. Déjà quelque poisson, plus profondément
atteint, a ralenti sa course, et de temps à autre
montre son large ventre argenté, que raie un
ruisseau de sang noirâtre. A chaque nouveau
coup qu'il reçoit, sa résistance diminue. Bientôt
il s'arrête un instant, et cet instant suffit : dix
crampons s'enfoncent à la fois dans ses chairs,
vingt bras se roidissent et le soulèvent au-dessus de l'eau. En vain la peau se déchire; le
crampon qui vient de lâcher prise, s'élève, re-
tombe, s'enfonce de nouveau, et bientôt le mal-
heureux animal est hissé jusque sur le bord.
Aussitôt deux hommes le saisissant par ses grandes nageoires pectorales, le font glisser sur la
poutre placée derrière eux et le lancent dans la
cale.

» Mais le filet mobile monte sans cesse, et le

troupeau des thons se découvre en entier. Pres-
sés les uns contre les autres, on voit ces mons-
trueux poissons s'élancer avec désespoir contre
les parois flexibles du *corpou*, montrer leur dos
noir moucheté de larges taches jaunes, ou fendre
la surface de l'eau avec leur grande nageoire en
croissant. Au milieu d'eux bondissent quelques
espadons au long nez terminé en lame d'épée.
Enivrés par le spectacle de la proie qui s'offre à
leurs coups, les marins frappent plus vite et plus
fort. La pêche devient alors une vraie boucherie.
Dans cette foule serrée on ne distingue plus les
individus. Ce ne sont que têtes violemment agi-
tées, que bras rougis qui s'élèvent et s'abaissent,
que harpons qui se croisent et se heurtent. Tous
les yeux étincellent, toutes les bouches poussent
des cris de triomphe, des clameurs d'encourage-
ment. Les eaux du *corpou* se teignent de sang.
A chaque instant de nouveaux thons tombent

dans les cales ; les mourants s'amoncellent et les barques s'enfoncent sous leurs charges demi-vivantes.

» Après deux heures de carnage, l'épuisement commence à se faire sentir ; les thons deviennent rares, et leurs ennemis auraient trop à attendre. Aussitôt une barque se détache, s'écarte de chaque côté de l'enceinte, et les deux principales se trouvent plus rapprochées de moitié. Les cabestans se remettent à jouer, et les pêcheurs impatients leur viennent en aide. Les mains s'enfoncent dans les mailles, les crochets aident les mains. Ces efforts, d'abord désordonnés, ne produisent pas grand résultat ; mais le sifflet du chef se fait entendre. Des chants cadencés s'élèvent : sous l'influence du rhythme les mouvements se coordonnent, s'harmonisent, et à chaque cri le filet monte de quelques lignes. Bientôt il est presque à fleur d'eau ; il est temps de se remettre à l'œuvre. La yole, jusque-là simple spectatrice, prend alors une part active à l'action. Montée par quelques pêcheurs d'élite, elle poursuit les thons dans l'espace étroit qui leur reste, les atteint avec de longs harpons, et les pousse aux crochets des barques qui les enlèvent.

» Je dois le dire, ce spectacle, que nous avions désiré, nous laissa tristes et mécontents : cette tuerie nous avait péniblement affectés. Peut-être l'impression eût-elle été différente si les pêcheurs avaient eu l'ombre du danger à courir, si seulement les thons avaient pu rugir en se débattant ; mais ces luttes si complétement inégales, ces agonies muettes où des mouvements convulsifs accusaient seuls les angoisses des victimes, nous avaient réellement impressionnés ; quant à nos matelots, ils étaient radieux. Pêcheurs, ils ne pouvaient sentir et voir qu'en hommes de leur profession, et la pêche avait été superbe.

» En trois heures, ils avaient harponné cinq cent cinquante-quatre poissons, pesant environ quatre-vingt-quatre kilogrammes en moyenne. On savait d'ailleurs que les chambres de la madrague renfermaient encore près de quatre cents prisonniers. Le propriétaire pouvait donc compter, au début de la campagne, sur environ soixante-douze mille kilogrammes de chair de thon, représentant une valeur d'au moins quarante-trois mille francs. On voit que le loyer de la *tonnara* était bien près d'être payé. »

LA PÊCHE DU SAUMON

La Pêche du Saumon

Ce poisson abonde à tel point dans certaines localités, dit M. V. Meunier, qu'à Berghem, par exemple, il n'est pas rare de voir des pêcheurs en rapporter deux mille à la fin de leur journée. En quelques rivières d'Angleterre, on en prend jusqu'à sept cents à la fois, et on rapporte qu'en 1750, dans la Ribble, un seul coup de filet en fournit trois mille cinq cents.

On les pêche d'une foule de manières : au harpon, à la ligne, avec des filets de diverses

formes ; en établissant sur les rivières qu'ils
fréquentent des barrages destinés à les arrêter.
En Écosse, les sportmen se plaisent à les pour-
suivre à cheval le long des rivières peu profondes, et à les atteindre avec des javelines
barbelées, exercice qui demande beaucoup
d'adresse. Mais ce n'est qu'un jeu ; la pêche
proprement dite est une industrie des plus im-
portantes, et, comme je l'ai dit, c'est en certaines contrées l'un des principaux moyens
d'existence de ceux qui s'y adonnent.

Les Groënlandais les prennent tantôt à la
main, en fouillant entre les grosses pierres où
le poisson s'est retiré, tantôt en les perçant
d'une fourche. La méthode la plus usitée est
celle-ci : on forme une digue à l'embouchure
des ruisseaux qui se déchargent dans la mer.
Cette digue est construite en pierres, disposées
cependant de manière à ne pas obstruer le cou-

rant du ruisseau ; on y pratique une petite
écluse, pour faciliter davantage l'écoulement du
ruisseau. Lorsque la marée monte, elle couvre
facilement la digue et l'écluse, de façon que le
saumon n'a nulle peine à passer ; il remonte le
ruisseau assez haut, et s'oublie très-souvent
dans l'eau douce, mais à la marée descendante ;
l'écluse se ferme d'elle-même : alors le saumon
se trouve enfermé dans un réservoir dont il ne
peut plus franchir la digue ; bientôt il s'y trouve
presque à sec, et les Groënlandais le prennent
sans aucune peine.

A l'ouest des montagnes Rocheuses, les Indiens Shoshonies se livrent, sur la rivière des
Serpents, à la *pêche des saumons*. Il est un endroit nommé Chute-du-Saumon ; c'est une suc-
cession de rapides, au-dessus de laquelle est une
chute perpendiculaire de plus de six mètres ;
on y prend une quantité incroyable de saumons.

Ils commencent à sauter peu après le coucher du soleil, remontant le cours de la rivière. C'est alors que les Indiens arrivent en nageant au milieu des chutes. Quelques-uns se placent sur des rochers, d'autres restent debout dans l'eau jusqu'à la ceinture, et tous, armés de lances, harponnent les saumons, lorsque ceux-ci essaient de sauter ou lorsqu'ils retombent en arrière. C'est un massacre continuel.

La construction de la lance destinée à cet usage est toute particulière. Elle est armée d'un morceau de corne d'élan, droit et long d'environ sept pouces, sur la pointe duquel une barbe artificielle est fixée avec du fil bien gommé. Ce fer est attaché par une forte corde de quelques pouces de longueur, à une grande perche de saule. Quand le pêcheur frappe juste, le fer de la lance traverse souvent le corps du poisson. Il se détache ensuite facilement et laisse le sau-

mon se débattre avec la corde dans son corps,
tandis que le pêcheur tient la perche. Sans cet
arrangement, la baguette de saule serait cassée
par le poids et les secousses du poisson. On en
prend plusieurs milliers dans une journée. Un
voyageur, M. Millin, témoin de cette pêche,
assure avoir vu un saumon faire un saut de près
de trente pieds, depuis l'endroit où l'eau commence à écumer jusqu'au sommet de la chute.

PÊCHES SINGULIÈRES

ET BIZARRES

La Pêche au fusil

Pendant toute la durée des chaleurs, la truite, le saumon, la chevesne, l'ombre, et quelquefois le brochet, chassent à la surface les mouches qui voltigent au-dessus des eaux. Souvent ces poissons, et surtout la truite, se tiennent comme endormis entre deux eaux, c'est-à-dire à trente ou quarante centimètres de profondeur. Le chasseur qui a parcouru vainement la plaine, battu les buissons, et qui revient son carnier vide, avise tout-à-coup, en longeant quelque petite rivière, une magnifique truite qui paraît endormie; du moins elle ne fait pas le moindre mouvement. L'eau est claire, le chasseur la juge tout près de sa surface. Une idée lumineuse traverse son esprit. Son fusil qu'il n'a pas eu occasion de décharger sur les hôtes des bois, est tout préparé; il épaule son arme, vise longtemps, car la truite ne bouge pas; le coup part, mais le poisson qui n'a point été atteint s'élance comme un trait et disparaît.

Le chasseur n'y comprend rien; lui, dont le coup-d'œil est si juste, manquer à quelques pas un poisson immobile! Cette déconvenue vient encore ajouter à ses infortunes de chasse.

Si ce chasseur avait connu la *loi des réfractions* il n'aurait pas manqué la truite. Il aurait su qu'un rayon de lumière passant obliquement d'un milieu dans un autre, par exemple de l'air dans l'eau, éprouve une déviation ou, en d'au-

tres termes, se plie pour ainsi dire en entrant
dans un autre élément, et forme un angle. Vous
croyez, par exemple, voir le poisson à un point
A, près de la surface de l'eau, tandis qu'il est
réellement à un point B situé plus en avant.

Un autre obstacle se présente encore pour dé-
router le chasseur de poissons, c'est que le plomb
frappant l'eau décrit une courbe. En tenant
compte de ces circonstances, on devra tirer en
avant une fois et demie la longueur du poisson,
savoir : une fois sa longueur pour la fausse apparence produite par la réfraction, et le reste
pour la courbe que décrit le plomb. Encore
l'étendue de cette courbe sera-t-elle un peu mo-
difiée par la profondeur où se trouve le poisson,
mais pas assez cependant pour faire manquer
un coup, pour peu qu'on ait acquis quelque ex-
périence dans cette chasse où l'on doit tirer
au jugé.

La Pêche des Anguilles électriques

Une des pêches les plus bizarres est celle des anguilles électriques, dont le célèbre Humboldt nous a laissé l'intéressante description.

« Les Indiens, dit-il, nous conduisirent à Caño de Bera, bassin d'eau bourbeuse et morte, mais entouré d'une belle végétation de la *clusia rosea*, de l'*hymenœa courbaril*, de grands figuiers des Indes, et de quelques mimos aux fleurs odoriférantes. Nous fûmes bien surpris lorsqu'on nous dit qu'on irait prendre une trentaine de

chevaux à demi sauvages dans les savanes voisines, pour s'en servir à la pêche des anguilles
électriques. L'idée de cette pêche, que l'on appelle *embarbascado con caballos* (enivrer au
moyen des chevaux), est en effet bien bizarre.

» Le nom BARBASCO désigne les racines du
jacquinia, du *piscidia* et de toutes autres plantes
vénéneuses, par le contact desquelles une grande
masse d'eau reçoit dans un instant la propriété
de tuer ou, du moins, d'enivrer les poissons. Ces
derniers viennent à la surface quand ils ont été
empoisonnés (*embarbascado*) par ce moyen.
Comme les chevaux chassés çà et là dans une
mare causent le même effet sur les poissons
alarmés, on embrasse, en confondant la cause et
l'effet, les deux sortes de pêche sous la même
dénomination.

» Pendant que notre hôte nous expliquait cette
manière étrange de prendre le poisson dans ce

pays, la troupe de chevaux et de mules arriva.
Les Indiens en avaient fait une sorte de battue,
et en les serrant de tous les côtés, on les força
d'entrer dans la mer. Je ne peindrai qu'impar-
faitement le spectacle intéressant que nous offrit
la lutte des anguilles contre les chevaux. Les
Indiens, munis de joncs très-longs et de harpons, se placent autour du bassin; quelques-uns
d'eux montent sur les arbres, dont les branches
s'élancent au-dessus de la surface de l'eau; tous
empêchent, par leurs cris et la longueur de leurs
joncs, que les chevaux n'atteignent le rivage.
Les anguilles, étourdies du bruit des chevaux,
se défendent par la décharge réitérée de leurs
batteries électriques. Pendant longtemps elles ont
l'air de remporter la victoire sur les chevaux et
les mulets; partout on en vit de ces derniers
qui, étourdis par la fréquence et la force des
coups électriques, disparurent sous l'eau. Quel-

ques chevaux se relevèrent, malgré la vigilance active des Indiens, gagnèrent le rivage, excédés de fatigue, et, les membres engourdis par la force des commotions électriques, ils s'y étendirent par terre tout de leur long. »

Les Perches de Baloukli

On sait que le corps de ce poisson est rayé de cinq ou six barres transversales noirâtres, qui, partant du dos, viennent se perdre dans la couleur uniforme de l'abdomen. Voici à propos de ces taches singulières une légende qui a cours chez les Grecs phanariotes.

A quelques kilomètres de Constantinople, dans un lieu appelé Baloukli, existe un sanctuaire en grande vénération chez les chrétiens du rite grec. Près du lieu saint, se trouve une fontaine dont

les eaux limpides laissent apercevoir, en nombre d'autant plus grand qu'ils sont religieuse-
ment respectés, des poissons dont la robe est
marquée transversalement de cinq ou six raies
noires, semblables à celles que produirait le
contact des barreaux rouges d'un gril de fer, —
des perches. — C'est, en effet, s'il fallait en
croire la légende, à une brûlure de cette nature
qu'est due la configuration remarquable de ces
taches. Mahomet II assiégeait la ville impériale,
dernier débris du Bas-Empire, dont la chute
devait assurer à l'islamisme triomphant la do-
mination du Bosphore, et cette admirable position de laquelle il a depuis si bien profité! Une
troupe de turcs alla dévaster le sanctuaire de
Baloukli, enleva tout ce qui s'y trouvait de précieux, et fit subir le martyre aux prêtres qui
desservaient l'autel. Deux amateurs de pêche,
qui se trouvaient parmi les maraudeurs, jetèrent

leurs lignes dans le bassin et en tirèrent quelques poissons, qui furent aussitôt étendus sur un gril et placés sur un grand feu. Le bon saint Pierre, et les autres apôtres pêcheurs, indignés de ce braconnage sacrilége, — plus sans doute que du martyre des prêtres, — en punirent sévèrement les auteurs ; l'un d'eux fut frappé de mort sur-le-champ, l'autre tomba atteint d'une paralysie générale qui n'épargna que les muscles de sa langue, afin qu'il pût rendre témoignage de ce qui s'était passé. Quant aux poissons, ils s'élancèrent allègrement de leur lit de fer rouge, et regagnèrent leur fontaine comme si de rien n'eût été. C'est en mémoire de cet événement, et pour que personne n'en puisse douter, que, depuis ce jour, eux et leur postérité, portent gravés sur leurs flancs les stigmates roussis de leurs douloureux martyre.

L'Esturgeon conducteur

Ce poisson habite principalement la mer et surtout les mers septentrionales. Ainsi que beaucoup de poissons maritimes, il remonte au printemps les fleuves et les rivières pour venir y frayer. Comme il paraît dans les eaux douces en même temps que le saumon, l'imagination des pêcheurs lui attribue une influence sur la venue de ce dernier poisson : c'est pour ce motif qu'ils appellent l'esturgeon *le conducteur des saumons*. En Russie, et dans tout le Nord, on en prend des quantités considérables ; et c'est avec les masses d'œufs fournies par les ovaires des femelles de cette espèce, que se prépare ce condiment de haute cuisine qu'on appelle le *caviar*. En France, la Garonne, le Doubs, la Loire, le Rhin, la Seine, et une foule de petites rivières aboutissant directement à l'Océan, fournissent ce poisson en plus ou moins grande abondance ; mais c'est surtout près des embouchures qu'il se rencontre le plus fréquemment ; rarement il s'aventure aussi loin que le saumon ; et c'est toujours, en France, une espèce de phénomène que la prise d'un gros esturgeon à une certaine distance des départements maritimes. Depuis soixante ou quatre-vingts ans, on cite à Paris ou dans les environs, trois ou quatre événements de ce genre. Il y a quelque trente ans, un de ces poissons, pesant cent-cinquante ou deux cents kilogrammes, fut pris dans des filets près de Paris ; pendant plusieurs jours, emprisonné dans un vaste panier traîné à la remorque

par un bateau, il fut exposé par les pêcheurs à
la curiosité des badauds. La chose parut alors
assez extraordinaire pour que deux chanson-
niers aient cherché à en immortaliser le souve-
nir par un vaudeville intitulé : *Cadet-Roussel
Esturgeon*. Dans cette pièce, Brunet se livrait
aux bouffonneries les plus désopilantes.

Au surplus, s'il n'y a aucun danger à plaisan-
ter ainsi l'esturgeon à distance, il y en aurait
beaucoup à vouloir folâtrer de trop près avec
lui ; car, bien que doux et inoffensif, il est d'une
force musculaire si prodigieuse, que, lorsqu'il
est parvenu à sa grosseur, il serait capable, à ce
que l'on assure, en se débattant, de tuer un
homme d'un coup de queue.

Ce poisson, dont la bouche est placée sous le
museau, ne se nourrit que de mollusques ; il
suce et ne mord pas, ce qui explique pourquoi
on ne le prend pas à la ligne.

La Lamproie

Ce poisson, dont la forme rappelle assez celle
de l'anguille, ne mord pas aux appâts, à cause
de la conformation de sa bouche, sorte de ven-
touse faite pour aspirer et sucer. C'est donc au
moyen de filets que les pêcheurs doivent s'en
emparer ; on se sert encore contre elle de la
fouane, espèce de fourche à trois pointes barbelées, toute semblable au trident dont la mytho-
logie arme le dieu Neptune ; à l'aide de cet instrument, on darde le poisson lorsqu'on l'aperçoit

au fond de l'eau, et on le ramène facilement, retenu qu'il est, par les barbelures du triple dard.

La chair de la lamproie est grasse et délicate ; en Angleterre, c'était et c'est probablement encore la coutume que tous les ans, aux fêtes de Noël, la ville de Glocester offrît au souverain un pâté de lamproies. Pour me montrer narrateur fidèle, je dois dire que ce mets passe pour lourd et indigeste ; à ce point, qu'au douzième siècle, le roi d'Angleterre, Henri 1er, résidant alors à Lyons-la-Forêt, sur la rivière d'Andelle, mourut, dit-on, pour s'être gorgé de ce mets délicieux ; royale mort, digne de faire pendant à celle du duc de Clarence, noyé dans un tonneau de malvoisie.

La Carafe à Goujons

On fait au moyen de cet engin de curieuses pêches, souvent même assez fructueuses. C'est, en effet, une grande carafe de verre blanc, de la contenance de quatre ou cinq litres ; le fond, au lieu d'être plan comme celui des vases ordinaires de la même nature, est répoussé en cône dans l'intérieur, comme celui d'une bouteille ; de plus, la pointe du cône est percée d'un trou de deux ou trois centimètres de diamètre, avec des bavures faisant saillie dans l'intérieur. « Un

pareil vase, comme on le voit, dit M. Guille-
mard, à qui nous faisons quelques emprunts,
ressemble assez au tonneau des Danaïdes, et il
serait difficile de s'en servir pour transporter
de l'eau : aussi sa destination n'est-elle pas de
retenir ce liquide, tout au contraire, ainsi que
l'on va en juger. Après avoir mis dans la carafe
une poignée de sable et deux ou trois poignées
de son, on bouche le goulot avec un petit filet
très-serré ou avec un bouchon percé de plusieurs trous ; on place ensuite le vase, le goulot
en amont, sur un fond de sable recouvert de
huit ou dix centimètres d'eau formant une petite
rigole avec un courant modéré. L'eau entre par
le goulot et ressort par le trou du fond, entraînant continuellement avec elle quelques par-
celles du son et de la fécule qu'il contient. Le
filet de liquide nourrissant attire et fait remonter les goujons, qui, poussant leur pointe de

plus en plus, entrent par le trou du fond de
carafe, d'où ils ne peuvent plus désormais sortir,
en raison des aspérités tranchantes contre lesquelles ils se heurtent lorsqu'ils essaient de
franchir au rebours le détroit qui leur a donné
entrée. »

Pendant que le pêcheur vaque à d'autres
exercices, la carafe se remplit; après avoir tout
à son aise fait la guerre aux truites, aux bar-
beaux et autres nobles proies, l'heureux propriétaire de la carafe enchantée, n'a plus qu'à se
baisser pour ramasser son talisman, dans lequel
des douzaines de goujons sont venus se mettre
eux-mêmes en bouteille.

La Pêche au balancier

La pêche au balancier se pratique dans presque toutes les rivières de l'Inde. C'est à Cochin, côte du Malabar, qu'elle est la plus abondante. Les appareils nécessaires pour cette pêche y sont très-nombreux, tant en amont qu'en aval de la ville, mais particulièrement en aval.

Outre le mécanisme assez ingénieux de ces pêcheries, ce qui étonne le plus les Européens, c'est de voir une quantité vraiment incroyable d'oiseaux de toute grosseur et d'espèces variées

6.

s'abattre dans les filets, malgré les efforts des
naturels placés en surveillance sur les bigues,
et de ceux qui sont en bas, tous armés de manière à repousser leurs attaques.

Cette pêche qui se fait la nuit comme le jour
est bien pénible, et là, comme ailleurs, les pêcheurs sont toujours plus à plaindre que les
autres navigateurs. Malgré cela leur nombre est
très-considérable ; car, bien que leur industrie
ne leur procure que le strict nécessaire, au moins
la multitude de sectes religionnaires et de castes
qui ne mangent pas de viande de boucherie, leur
assure un travail journalier et indéfini.

Le poisson le plus commun dans cette rivière
tient à la fois de la carangue et du maquereau,
mais sa taille atteint à peine celle du hareng.

LES OISEAUX PÊCHEURS

Le Cormoran

Les cormorans se trouvent principalement au bord de la mer et à l'embouchure des fleuves, et se nourissent de poissons qu'ils pêchent avec une merveilleuse adresse, les poursuivant jusque dans leur élément. On prétend qu'ils les saisissent d'une patte, tandis que de l'autre ils regagnent la surface de l'eau. Arrivés là, ils jettent leur proie en l'air et la reçoivent dans leur gorge la tête la première. Ils sont doux, confiants, on dit même un peu bêtes, qualifica-

tion que l'homme, qui se connaît, applique volontiers à ceux qui ne se méfient pas de lui. Le
cormoran se laisse aisément approcher et saisir
même facilement ; aussi il s'apprivoise et on le
dresse à la pêche comme on dresse le chien et le
faucon à la chasse.

C'est ce qu'on faisait autrefois en Angleterre ;
on le fait encore aujourd'hui en certaines parties de l'extrême Orient et surtout en Chine.
Cravaté d'un anneau ou d'une corde, l'oiseau se
place en vedette sur le devant de la barque.
Aperçoit-il un poisson, il plonge, le saisit et
l'apporte, sa gorge serrée l'empêchant de rien
avaler.

Le P. Lecomte dit qu'un seul pêcheur peut
aisément en gouverner jusqu'à cent à la fois. Au
moindre signal ils partent tous et se dispersent
sur l'étang. Quand le poisson est trop gros ils
s'entre-aident ; l'un le prend par la tête, l'autre

par la queue, et ensemble ils l'amènent jusqu'au
bateau. On leur tend de longues rames, ils s'y
perchent, et dès qu'on les a débarrassés de leur
fardeau ils retournent au travail. La pêche
finie, on les récompense par le don d'une part
du butin.

Le Pélican

Comme le cormoran, le pélican s'apprivoise
facilement et prend l'habitude de pêcher pour
un maître. On s'assure aussi de sa fidélité par
une ligature à la gorge. Le P. Labat rapporte
que dans plusieurs îles de l'Amérique les sauvages les employaient de cette manière, et le
P. Raymond rapporte, dans son *Dictionnaire
caraïbe*, qu'il en a vu un qui était si bien privé
qu'on l'envoyait seul à la pêche, d'où il revenait
chaque soir sa besace pleine, impatient de se

faire desserrer le cou et de recevoir le prix de
ses peines. Mais l'esclave se fait volontiers para-
site, et M. Lee a vu, à Sierra-Leone, un pélican qui stationnait ordinairement sur la place
du marché et qui si adroitement fourrait son
bec dans le panier des acheteurs et si prestement
en enlevait le poisson, que les volés ne s'aper-
cevaient du vol qu'en arrivant au logis.

L'Hirondelle aquatique

Sur le lac Pallajervi, en Laponie, dit M. V.
Meunier, lac fertile en poissons, et fréquenté par
les pêcheurs durant le court été polaire, une asso-
ciation volontaire et libre en vue des travaux et
des profits de la pêche, existe entre l'homme et
un oiseau, le *sterne*, nommé aussi *hirondelle
de mer* et *hirondelle aquatique*.

Une île se trouve sur ce lac, *Kintasari*, où,
en été, les pêcheurs établissent leurs huttes for-
mées de branches d'arbres qu'ils recouvrent
de vase bientôt desséchée.

Tous les matins, à la même heure, les hirondelles aquatiques sillonnent et s'assemblent autour des huttes, et, par leurs cris, avertissent les
pêcheurs qu'il est temps de commencer la journée.

A peine ceux-ci ont-ils détaché les canots,
que les oiseaux prennent les devants. Ils vont à
la recherche du poisson. Les rameurs règlent
leurs mouvements sur ceux de la nuée vivante.
Quand elle s'arrête quelque part, quand redou-
blent les cris continuels qui en partent, quand
quelques oiseaux s'en détachent, rasant d'un
vol rapide la surface de l'eau, le pêcheur est
assuré qu'à l'endroit au-dessus duquel la bande
ailée plane et sur lequel elle appelle son attention, les poissons se sont rassemblés. Il se hâte
vers ce point, y jette ses filets aussitôt remplis.
Les oiseaux reçoivent alors la part à laquelle
ils ont droit, et tout poisson jeté en l'air est

immédiatement saisi au vol. Ils viennent d'ailleurs se la faire eux-mêmes jusque dans les canots, et même aident aux pêcheurs à désemplir
leurs filets. Puis on repart, les hirondelles
quêtant, les canots suivant, et un peu plus loin
on recommence. Le soir venu, hommes et vola-
tiles reviennent ensemble au rivage, d'où ils
sont partis ensemble le matin, et les oiseaux
achèvent de nettoyer les canots amarrés.

LE CORAIL ET LES ÉPONGES

La Pêche du Corail

Le corail est une des productions marines qui ont toujours le plus fixé l'attention. De tout temps on l'a employé comme parure ; les anciens le regardaient comme une pierre très-précieuse et lui attribuaient de merveilleuses vertus. Les Romains aussi le portaient comme amulettes, et comme ornement agréable aux dieux. Ils en attachaient des colliers à leurs nouveaux-nés pour les préserver des maladies contagieuses.

On employait diverses préparations de corail,
dans un grand nombre de circonstances, pour
conjurer le malheur. Les Gaulois décoraient
leurs instruments de guerre de grains de corail; leurs casques et leurs boucliers en étaient
presque toujours garnis. Enfin, les Indiens
avaient, et ont encore, pour le corail la même
passion que les Européens pour les perles.

Cependant Pline, Dioscoride, et les naturalistes
de la Renaissance, le regardaient comme un
arbrisseau pourvu de racines, de branches, mais
non de feuilles. Marsigli, en 1703, ayant eu
occasion d'observer le corail au sortir de la mer,
et ayant remarqué à sa surface de petits corps
blancs rayonnés, les prit pour la fleur. Il pu-
blia cette découverte, et alors il ne manqua plus
rien pour que le corail fût une plante marine.
Tous les naturalistes de ce temps avaient adopté
cette opinion, et nul ne croyait qu'il pût en être

autrement, lorsqu'un médecin de Marseille,
Peysonnet, démontra que le corail n'était pas
une plante, mais bien le produit d'animaux.
Tous les savants n'adoptèrent pas cette opinion,
et Réaumur lui-même, alors chef des naturalistes, la combattit. L'Institut ayant à prononcer
sur cette question, envoya plusieurs de ses
membres, et entre autres le célèbre botaniste
Bernard de Jussieu, pour vérifier sur les lieux
mêmes les observations de Peysonnet. Mais tous
revinrent persuadés que le corail devait passer
du règne végétal au règne animal.

Le corail sur lequel on voit une branche
couverte d'animaux, a pourtant la forme d'un
arbre n'ayant que le tronc et les branches. Il
est toujours fixé au rocher par un large empâte-
ment, et ne s'élève pas à plus d'un pied et demi.
Sa surface est couverte de tubercules, au centre
desquels est une loge qui renferme l'animal

7.

connu vulgairement sous le nom de lait du corail. Cet animal est d'un blanc de lait. Il est
pourvu de huit tentacules qui entourent sa
bouche. Il peut se loger entièrement dans la
niche qu'il habite et dès qu'il est tourmenté il y
rentre entièrement. Toute la surface qui renferme ces animaux et qui est beaucoup plus
tendre que le centre, est nommée écorce à po-
lypiers. Elle est moins rouge que l'intérieur et
peut être enlevée facilement ; l'axe intérieur au
contraire, est d'une très-grande dureté, et c'est
de cette partie seulement que l'on fait usage
dans les arts.

La mer Méditerranée est la seule où l'on
trouve le corail, qui est l'objet d'un commerce
très-étendu. Chaque année un grand nombre de
barques se rendent sur les côtes de Sicile pour
en faire la pêche. Le gouvernement napolitain
est obligé de marquer les limites de cette pêche,

pour qu'on n'en détruise pas trop. Maintenant on pêche aussi sur les côtes d'Afrique; près de Bone, le corail est en abondance.

Le corail se trouve dans la mer, depuis quinze pieds de profondeur jusqu'à trois cents. Mais à cette distance il est très-petit et de peu de valeur. Pour l'arracher du fond où il est toujours fortement fixé aux rochers, les pêcheurs se servent de deux instruments : le premier est formé de deux poutres en croix dont les extrémités sont garnies de rêts. Lorsque l'instrument est introduit dans un banc de corail, ces rêts enlacent les rameaux, et les pêcheurs en l'amenant à eux retirent les parties fixées aux filets. Le second instrument, qui est beaucoup moins employé que le premier, est une espèce de cuillère en fer, d'un pied et demi de diamètre, ayant au fond et de chaque côté des sacs de rêts pour recevoir les branches qu'on brise, et qui seraient perdues sans cette précaution. On attache cet instrument à une poutre quelquefois plus longue que la barque ; descendu au moyen d'une corde au fond de l'eau, on l'introduit dans les cavités où le premier instrument n'a pu pénétrer.

Le corail, lorsqu'il a été travaillé, subit souvent des altérations dans sa couleur. La transpiration de certaines personnes le fait pâlir. On donne dans le commerce différents noms à ses nombreuses variétés, telles que le corail *écume de sang, fleur de sang, premier, deuxième* et *troisième sang*, etc., etc.

Quoiqu'en France il soit peu d'usage aujourd'hui de se parer de corail, on n'en travaille pas moins une grande quantité qu'on expédie dans presque toutes les parties du monde. En Asie, en Afrique, on l'estime de même qu'au temps des anciens, et l'Amérique le recherche avec autant d'empressement. Comme on ne le trouve que dans la mer Méditerranée, il sera toujours pour nous un sujet de commerce très-étendu.

La Pêche des Eponges

Les éponges du commerce sont classées, dit M. V. Meunier, en deux catégories. La première comprend les sortes communes (*spongia officinalis*), à formes arrondies, ou planes, ou convexes en dessous, d'un tissu mou grossièrement poreux. On en compte vingt-deux espèces. La seconde comprend les éponges fines (*spongia usitatissima*), à formes convexes ou évasées, à pores très-fins à l'intérieur, avec des oscules

déliés comme des poils; on en compte trente-
quatre espèces.

La pêche dans le Levant, depuis Beyrouth
jusqu'à Alexandrette, est exploitée par les Syriens et les Grecs. Elle commence en mai et
dure, pour les Syriens, jusqu'à la fin de septem-
bre, tandis qu'elle finit en août pour les Grecs,
désireux de rentrer chez eux avant la mauvaise
saison.

Ceux-ci arrivent à Seyda, à Beyrouth, Tri-
poli, à Tortosa, à Lataquié et d'autres ports de
la Syrie, dans des embarcations nommées sar-
colènes, montées habituellement par quinze ou
vingt hommes. Aussitôt arrivés, ils désarment
et louent aux habitants du pays des barques de
pêche. Chacune de celles-ci porte quatre ou cinq
hommes qui plongent à tour de rôle. Chacun
d'eux est armé d'un couteau à forte lame, à

l'aide duquel il sépare du rocher l'éponge qui y
adhère.

Ceux de Morée, et particulièrement les Hy-
driotes, procèdent autrement. Ils ne plongent
pas, ils draguent. Leur drague est un trident à
lames tranchantes et recourbées, et garni d'un
filet. Les lames arrachent, le sac reçoit. Il faut
une mer calme; des poignées de sable trempé
dans l'huile étant répandues autour de la barque,
l'huile s'étend, et neutralisant l'action de l'air,
empêche l'eau de se rider. Alors les pêcheurs
voient distinctement les éponges au fond la mer.
Ce procédé ménage les hommes, mais il a l'in-
convénient de détériorer les éponges, souvent
déchirées; aussi se vendent-elles 30 pour 100
de moins que les éponges dites plongées.

On plonge dans la mer Rouge, et les Arabes
vendent le produit de leur pêche aux Anglais
d'Aden ou l'envoient en Égypte.

C'est encore par des plongeurs que cette pêche est pratiquée dans le golfe du Mexique, sur
les bancs de Bahama. Ces plongeurs sont Espagnols, Américains, Anglais, et comme en cet
endroit les éponges croissent à de faibles profondeurs, les hommes n'ont qu'à se laisser glisser le long d'une perche amarrée au bateau,
travail bien plus facile que celui qui se fait dans
la Méditerranée.

Immédiatement après la pêche, on presse les
éponges, on les foule même aux pieds, on les
lave un grand nombre de fois dans l'eau de mer,
et dans l'eau douce fréquemment renouvelée
jusqu'à l'entière disparition du mucus gélati-
neux; on les passe ensuite à l'eau chaude dans
le but de les débarrasser, autant que possible,
d'une odeur chloreuse qui leur est particulière,
et que leur communique la matière animale ren-
fermée dans le tissu fibreux.

On ne connaît au juste ni la durée de la vie des éponges, ni la vitesse de leur accroissement; on sait seulement qu'on peut, au bout de trois ans, faire une récolte nouvelle dans les lieux qu'une pêche antérieure avait épuisés.

PISCICULTURE

Pisciculture

Un des grands auxiliaires de la pêche c'est la pisciculture, qui, prévenant le dépeuplement des cours d'eau, conserve au pêcheur son gibier aquatique en nombre suffisant. Nous empruntons sur cette science quelques détails à M. Coste, qui l'a sinon inventée, du moins considérablement perfectionnée.

« Après avoir choisi un vase de terre, de faïence, de bois ou même de ferblanc, dont le fond soit plat et aussi évasé que l'ouverture,

afin que les œufs puissent s'y étendre sur une
certaine surface, et ne s'y accumulent pas en un
bloc difficile à pénétrer, on verse dans ce vase,
préalablement nettoyé, une ou deux pintes d'eau
bien claire ; puis on saisit une femelle que l'on
tient par la tête, et le thorax avec la main gauche, pendant que la main droite, le pouce appuyé sur la face ventrale de l'animal, et les
autres doigts sur la région dorsale, glisse comme
un anneau d'avant en arrière, et refoule doucement les œufs vers l'ouverture qui doit leur
donner passage.

» Si ces œufs sont murs, et déjà dégorgés des
capsules de l'ovaire, la plus légère pression
suffit pour les expulser, et l'abdomen se vide
sans que la femelle délivrée en éprouve aucun
dommage ; car, l'année suivante, elle devient
aussi féconde que celles dont la ponte s'est naturellement accomplie. Si, au contraire, pour

amener ces œufs au dehors, on est obligé d'agir
avec une certaine violence, on peut être assuré
que l'opération est prématurée. Il faut renoncer
alors, et tant que dure cette résistance, à des
tentatives inopportunes, remettre la femelle dans
le vivier, et attendre que le travail de matura-
tion soit arrivé à son terme.

» On se hâte alors de renouveler l'eau du ré-
cipient, afin de la purger des mucosités que le
frottement de la peau des femelles a pu y mê-
ler, et l'on prend aussitôt un mâle dont on ex-
prime la laitance, par un procédé semblable à
celui qui a permis d'obtenir des œufs. Si cette
laitance est à l'état de parfaite maturité, elle
coule abondante, blanche et épaisse comme de la
crême ; et dès qu'il en est tombé assez pour que
le mélange prenne l'apparence du petit lait, on
juge que la saturation est suffisante.

» Mais pour que les molécules fécondantes se

répandent partout d'une manière uniforme, il
faut avoir la précaution d'agiter ce mélange, et
de remuer doucement les œufs avec les fines
barbes d'un pinceau ou avec la main, afin qu'il
n'y ait pas un seul point de leur surface qui ne
se trouve en contact avec les éléments qui doivent les pénétrer; puis, après un repos de deux
ou trois minutes, on dépose ces œufs vivifiés
dans les ruisseaux à éclosion.

» C'est sur des claies ou des corbeilles plates
en osier que, dans nos ruisseaux à éclosion, nous
plaçons les œufs fécondés, les fines mailles de
leurs parois forment un crible à travers lequel
passent les détritus contenus dans le liquide à
la surface duquel ces claies ou ces corbeilles
sont immergées. La position superficielle qu'on
leur donne rend l'observation si commode, que
rien n'échappe à la surveillance d'un gardien un
peu attentif.

» De là, par des moyens aussi simples qu'ingénieux, les jeunes poissons, entraînés dans les
viviers, sont convertis en alevin. Des coffres en
bois, garnis d'une porte ou ventille à coulisse,
servent naturellement de retraite aux jeunes
poissons ; il ne s'agit que de les y enfermer, lorsque le moment sera venu d'expédier un certain
nombre de ces coffres, dans les diverses parties
de la France où il y a des eaux à repeupler. »

C'est, au dire de MM. Réné et Liersel, par
centaines de mille, et même par millions de fé-
condations que MM. Berthot et Detrem, procèdent à ce repeuplement dans leur établissement modèle, situé près d'Huningue.

Dernièrement, 50,000 jeunes saumons, sortis
du laboratoire du Collége de France, sont allés
vivifier la rivière artificielle du bois de Boulogne.

LE CALENDRIER DES PÊCHEURS

Le Calendrier des Pêcheurs

JANVIER.

Brochet, chevesne.

FÉVRIER.

Brochet, chevesne, perche.

MARS.

Saumon, truite, ombre, carpe.

AVRIL.

Truite, ombre, saumon, brême, gardon, vandoise, goujon, ablette, éperlan.

8.

MAI.

Truite, ombre, saumon, carpe, tanche, brême, gardon, vandoise, goujon, ablette, éperlan, anguille.

JUIN.

Truite, ombre, saumon, brochet, perche, carpe, barbeau, chevesne, tanche, brême, gardon, vandoise, goujon, ablette, éperlan, anguille.

JUILLET.

Truite, ombre, saumon, brochet, perche, carpe, barbeau, chevesne, tanche, brême, gardon, vandoise, goujon, ablette, éperlan, anguille.

AOUT.

Truite, ombre, saumon, brochet, perche, carpe, barbeau, chevesne, tanche, brême, gar-

don, vandoise, goujon, ablette, éperlan, anguille.

SEPTEMBRE.

Brochet, perche, chevesne, gardon, vandoise,
carpe, barbeau, tanche, goujon, ablette, éperlan.

OCTOBRE.

Brochet, perche, chevesne, gardon, vandoise,
goujon.

NOVEMBRE.

Brochet, perche, chevesne, gardon, vandoise,

DÉCEMBRE.

Brochet, perche, chevesne.

TABLE DES MATIÈRES

2255. Paris. — Imp. A.-E. Rochette, boul. Montparnasse, 78-80.

www.ingramcontent.com/pod-product-compliance
Lightning Source LLC
Chambersburg PA
CBHW070802280626
47162CB00016B/1604